AUTOMNALES

IL A ÉTÉ TIRÉ :

3	exemplaires sur	japon,	numérotés de	1	à	3
6	—	chine,	—	4	à	9
150	—	hollande	—	9	à	159

Exemplaire N° 

Justification du tirage. 

ANDRÉ LEBEY

Automnales

PARIS

ÉDITION DU CENTAVRE

9, RUE DES BEAUX-ARTS, 9

M DCCC XCVI.

DU MÊME AUTEUR :

PRÉLUDES TRISTES, poésies . . . . 1 volume.

LA SCÈNE, un acte en prose . . . . 1 volume.

TRADUCTION DES POÉSIES DE SAPPHO. . . . 1 volume.

LE CAHIER ROSE ET NOIR, poésies . . . . 1 volume.

A paraître :

CHANSONS GRISES, poésies.

En préparation :

LES PREMIÈRES LUTTES, roman.

Dieppe — Paris

Septembre — Décembre

1895

I

C'est le désir d'aimer et l'espoir de revivre
Qui dans ces jours déserts évoquent l'autrefois.
Rien n'aurait-il suffi? Suis-je donc encore ivre
Pour souhaiter toujours ce qui n'est qu'une fois?

Ah! Que la chambre est vide à qui n'a rien trouvé
Malgré la solitude et son vœu d'être fort!
Qu'importe à mon ennui s'il s'enfuit délivré
Du songe où mon orgueil implore en vain la mort!

Laissons chanter la vie et sans autre tristesse
Essayons un bonheur quoique un peu mensonger
Sans craindre le réveil de la trop courte ivresse
Par quoi nos deux cœurs s'efforceront d'oublier.

Si c'est l'illusion, qu'elle soit au moins belle,
Et soyons ingénus dans notre duperie;
L'amour peut refleurir et prendre sous son aile
Ceux dont l'âme ici-bas ne fut qu'inassouvie;

Regarde autour de nous les arbres s'effeuiller :
Nous connaîtrons comme eux la vieillesse et l'automne,
Mais avant ce futur où nous devrons quitter
La suprême splendeur que le temps abandonne,

Écoutons la chanson de notre espoir qui pleure
D'être loin des jours bleus où nous l'avons maudit
Et, pèlerins pieux de l'antique demeure,
Échangeons nos anneaux dans l'ombre, avant la nuit.

II

Voici mon cœur saignant comme un oiseau blessé
Dont les passants bourrus auraient coupé les ailes :
Le veux-tu dans tes mains pour qu'aux clartés nouvelles
Il redevienne jeune et libre du passé ?

La splendeur du soleil sur les épis dorés,
Vit dans tes cheveux blonds au vent en éclairs d'or...
Ai-je tort de t'aimer ? Peux-tu m'aimer encor ?
Je ne suis qu'un tombeau plein de débris brisés.

Les palais d'autrefois que, songeur patient,
Je bâtissais afin d'y cloîtrer mes ennuis,
Pour être merveilleux n'ont été que maudits :
La ruine elle-même est cendre maintenant.

Ceux que dessine au loin par des contours de brume
Mon esprit inquiet d'un avenir plus beau
Sont trop vagues, voilés par le prochain tombeau
Dont l'ombre éteint là-bas tout soleil qui s'allume.

Seul donc et fatigué d'être si seul encor,
Morne de n'avoir vu l'amour qu'en mascarade
Je mène à toi mon vœu comme on mène en la rade
Le vaisseau balloté qui cherche un nouveau port.

Je ne sais si tu dois répondre à ma détresse,
Mais le gouffre est trop noir qui dans mon cœur se creuse,
Et je ne veux savoir que ta beauté rêveuse
Pour rêver auprès d'elle un rêve de tendresse.

III

Le jeu fut dangereux, mon cœur devint sincère;
En voulant rire je n'ai pu masquer qu'un pleur,
Et le désir d'avoir un autre et vrai bonheur
N'a fait de celui-ci qu'un mensonge éphémère.

Je te voulais aimante et songeuse, ô frivole!
Dont le rire était seul selon la vérité;
J'aurais dû sacrifier mon rêve à ta gaieté,
Heureux de t'avoir même auprès de moi si folle.

Mais la lune versait tant de mélancolie
Sur les bois que le soir emplissait de mystère,
Et la voix du passé, si langoureuse et chère,
Jetait un tel appel vers l'époque abolie,

Que l'éternel souhait d'être aimé plus longtemps,
Sans la science, hélas! d'une qui sait tromper,
Réveilla les échos du val où pour aimer
J'avais bâti jadis un château pur d'antan.

Et j'ai laissé mon âme au rythme de ces chants
Contempler l'envergure au loin de sa chimère
Qui, loin des palais bleus où l'abritait sa mère,
Fée entrevue au fond des brumes des couchants,

Heurtait de son vol d'or les obstacles surgis
Et prenant notre amour endormi sous ses ailes,
Par-delà les azurs calmes des paradis
Lui découvrait l'aspect des terres éternelles.

IV

Ma bouche rouge encor de ton dernier baiser
Garde la saveur de tes lèvres sensuelles,
Et dans mes cheveux noirs tes cheveux blonds restés
Sont comme les fils d'or des aurores nouvelles.

Te souvient-il du soir où dans le crépuscule,
Au bord du chemin l'un contre l'autre appuyés,
Nous n'écoutions rien que l'amour qui recule
Pour d'autres horizons celui des voluptés?

Le soleil épanchait au-dessus des vallées
Les suprêmes adieux de sa splendeur vermeille,
Et, derrière les bois lourds de lueurs pourprées
Dressaient en laves d'or un site de merveille.

Que ta tête était douce à la mienne si lasse
D'avoir dormi partout sans jamais reposer !
Que tes yeux étaient bleus, dans leur lumière où passe
L'éclair des paradis où, jeune, s'oublier!

Je ne sais plus les mots dont j'ai bercé nos âmes
Heureuses de s'enfuir libres vers les clartés
Où des barques d'azur sans un secours de rames
Voguent sur les courants lents des éternités,

Mais j'ai gardé la tristesse de ce baiser
Où, sans futur, pleurant d'avoir dû nous connaître
Puisque nos deux destins devaient nous séparer,
Nous mîmes tout l'amour qui ne pouvait pas être.

V

Après l'apaisement des heures moissonnées,
Las d'un bonheur douteux et trop vite vécu
Dans l'inconscience d'une joie étonnée
De se sentir enfin ce qu'elle avait voulu,

Le passé revenu hante nos destinées
Craintives de survivre à l'extase et tremblantes
Devant les fleurs ici déjà toutes fanées
Loin de la rosée des aubes bienfaisantes.

Dans le frissonnement muet du crépuscule
C'est comme un concert où glissent en vain des voix ;
Il semble qu'au couchant le passé qui s'annule
Étende son reflet une dernière fois.

Et tandis que tu cours fugitive et sereine
Le long des sables d'or où se marquent tes pas
Vers la maison d'où s'envole la chanson vaine
Dont je berce mon rêve en attendant tes bras,

Je vois une ombre noire entre nous deux errer
Me désignant du doigt la demeure de deuil
Où, solitaire amant pour avoir trop aimé,
J'ensevelis l'amour dans l'ombre du cercueil.

Mais le présent est maître et chasse l'autrefois
Et l'heure à cueillir rit de l'heure moissonnée,
Et tu me souris sans me demander pourquoi
Mon baiser est farouche à ta bouche étonnée.

VI

Nous rêvions la vie au fond de vieux châteaux
Loin des chemins connus et des terres réelles
Pour vivre l'infini de nos amours fidèles
Dans le simple décor de nos désirs jumeaux.

L'extase d'être denx sans vouloir autre chose
Que d'être toujours tels et de ne vouloir rien,
Fiers d'être l'un à l'autre un même et seul soutien,
Eût fait fleurir nos vœux comme un massif de roses.

Je laissais le passé disparaître à ta voix
Prometteuse d'espoirs qu'elle sentait perdus,
Trop heureux d'écouter ce qu'il n'attendait plus
Depuis le jour fatal où l'on railla sa foi.

Mais je sais aujourd'hui trop ta légèreté
Pour accepter encor ce qui n'est qu'un vain jeu ;
Si mon cœur s'est donné c'est qu'il crut ton aveu
D'être selon lui-même et sa sincérité.

Va demander ailleurs ce qui n'est plus ici,
Mais ne sois pas si longue à me tendre la main,
Car, à me penser sans ton sourire demain,
Je sens monter en moi l'angoisse de la nuit,

Et souhaite mourir sous ton regard trop beau
Pour qu'un regret mouillant l'ombre de ta paupière
Te fasse me promettre à cette heure dernière
De venir quelquefois pleurer sur mon tombeau.

VII

Tu fus trop bonne et douce et j'ai rêvé t'aimer
Malgré tout le mensonge écrit en tes yeux clairs,
Et j'ai voulu ton âme éparse avec ta chair
Comme on veut un joyau pour dans l'ombre éclairer.

Que n'ai-je été plus simple et jeté tout mon rêve,
Inutile fardeau dont la splendeur attire?
J'aurais su calme ne souhaiter qu'un sourire
Sans étendre là-bas l'après de l'heure brêve.

Loin de toi maintenant qui près d'autres sans doute
Portes ton ignorance et ta jeunesse, ô folle,
Triste d'avoir été sans un mot qui console
Et voulant résister à mon cœur qui s'écoute,

Seul sur cette falaise où si souvent le soir
L'un et l'autre rêveurs nous conduisions nos pas,
Je pleure en appelant ce qui ne sera pas,
Bien que mon cœur crédule attende un peu d'espoir.

Je sais qu'il vient un jour où l'âme moins fidèle
Retourne en se raillant à son indifférence,
Mais la mienne a connu de trop longues souffrances
Pour vers un autre amour développer ses ailes.

Et devant cette mer éternelle et tranquille
Je songe au temps, hélas ! maître de nos folies,
Qui, reprenant un jour ce qui fut notre vie,
Ne fait de nos douleurs qu'une cendre inutile.

VIII

Suis le chemin douteux où ton rire se plaît
Et retourne là-bas te mélanger aux ombres
De celles qui déjà tentèrent mon cœur sombre
Sans que l'une devînt celle-là qu'il voulait.

Demeure sans comprendre et raille ma douleur
De ne te voir que belle et sans l'autre beauté
Qui permet l'infini dans toute volupté
Et seule sait offrir quelque réel bonheur.

Je t'aime trop encor pour pouvoir te blâmer
Mais t'aime trop aussi pour t'aimer étrangère ;
Puisque tu ne sais rien qu'une joie éphémère,
Je préfère être seul et tâcher d'oublier.

Le souvenir renaît de ton départ tranquille
Lorsque tu m'écoutas douteuse et étonnée ;
Voici le banc d'alors sur le bord de l'allée
D'où je te regardais retourner à la ville...

Une cloche au loin jette une note argentine
Qui semble dans le soir tinter pour un adieu,
Adieu de l'autrefois recouvert peu à peu
Par l'aujourd'hui banal sous une voix divine.

Et sans autre espoir je contemple sans regrets
Le cortège plaintif des illusions mortes
Qui traversent la plaine et marchent vers les portes
Dont le battant se clot pour ne s'ouvrir jamais.

IX

Je n'écouterai plus ta gaîté dans le soir
Ni ne verrai tes doigts sur le vieux piano
Développer le rythme éperdu des sanglots
Dont Schumann et Grieg ont bercé leur désespoir.

Oh! les derniers rayons de soleil sur tes bagues
Jetant dans l'ombre douce un long reflet pâli,
Et, le long du clavier à l'ivoire jauni,
La blancheur de tes mains aux gestes vifs et vagues!

L'ombre se faisait bleue et complice à nos âmes
Et la tienne rêvant sans comprendre pourquoi,
Tu tournais un regard moins souriant vers moi
Craintive de toi-même et belle d'être femme.

Dehors le vent chantait en passant dans les feuilles
Comme le soupir de quelque chose d'enfui,
Et c'était sous la lune au travers de la nuit
Un orchestre voilé de musiques de deuil.

As-tu tout oublié, rêveuse languissante,
Nos courses sur la grève ou dans les bois fleuris,
Tes sourires mouillés, mes serments infinis?
Faut-il donc aujourd'hui ne t'évoquer qu'absente!

Souviens-toi du printemps où ma main dans la tienne
S'oublia si longtemps que je me crus aimé,
Et de tous nos aveux dans le jardin d'été
Où tu voulus ta bouche un instant sur la mienne.

X

Ton âme est une feuille que le vent emporte
Selon son souffle vain au nord comme au midi
Vers elle ne sait où, ni pour quel infini,
Sans même qu'elle y songe ou qu'il lui en importe.

Elle n'a rien connu de la tendresse forte
Par qui la mienne hélas! confiante se lie,
Heureuse de croire au serment que fortifie
Le rêve d'être deux avant qu'une soit morte.

Ton âme est une feuille et le vent l'abandonne
Au gré des fleuves où elle s'en vint tomber.
La lande sera froide où l'onde va couler
Après l'or dont ici le soleil te couronne.

Ah! que n'entendis-tu plus jeune une autre voix
Que celle dont ta mère a bercé ton enfance?
Tu comprendrais alors aujourd'hui ma souffrance
Que tu ne sois enfin ce que je fus pour toi.

Ton âme est une feuille et le courant l'entraîne
Sans qu'elle y résiste ou veuille s'en occuper.
Peut-être as-tu raison d'être sans demeurer
Dans la maison trop simple où je t'évoquais reine.

Sans désirer jamais que d'oublier encore.
Vogue donc parmi ceux dont tu te crois aimée...
Un jour s'en vient où pour avoir été dupée
Tu pleureras l'amour que l'âme vide ignore.

XI

Dans la salle grave où solitaire et reclus,
Pour n'être que moi-même et fort de ma tristesse,
Je rêve à l'infini que versait ta tendresse
En ces instants trop courts qui ne reviendront plus.

L'unique amour voulu sans qu'il fût rencontré,
Espoir d'avril fleuri dépouillé par l'automne,
Désertant le décor que ma vie abandonne
Disperse ma jeunesse à travers le passé.

Hélas ! Que n'étais-tu celle de mon enfance
Imaginée un soir d'abandon maternel,
N'as-tu rêvé toi-même un exil éternel,
Et n'est-ce pas vers lui que pleure ta souffrance ?

Mais l'oubli t'a rendu toute amertume brève ;
La route se fait joyeuse à ta lassitude,
Et la vie sait toujours un nouveau prélude
Pour t'endormir au fond de quelque nouveau rêve.

Pourquoi m'avoir choisi ? Quelque autre eût mieux joué !
Mon rêve était trop lourd en ta main trop légère
Qui le laissa rouler à travers la poussière
Jusqu'au gouffre où tu ris de le voir s'enfoncer.

Et du fond du silence où je suis à pleurer,
Déserté par l'orgueil qui t'aurait pu maudire,
J'enivre mon malheur d'un vin de souvenir,
Cherchant à vivre encor l'illusion d'aimer.

XII

Voyageur fatigué, pleure les temps perdus !
Rien ne refleurira de la rose effeuillée,
Et lorsque reviendra l'avril d'une autre année,
Sache ne plus vouloir ce qui ne sera plus.

Laisse croire ceux-là qui n'auront pas connu
L'amertume des lèvres où le baiser rit
D'être le simulacre obscur que dans la nuit
Toute jeunesse pense un bonheur éperdu.

Tu sais l'inanité de l'ivresse trop brève
Et le regret alors d'avoir été dupé ;
Ne respire donc pas les parfums de l'été
Et si tu vis la vie écarte au moins ton rêve.

La nature alentour sans joie et sans douleur
T'enseigne simplement à diriger ta vie :
Le regret est trop triste et trop vaine l'envie,
L'amour pour un sourire a coûté plus d'un pleur !

Que demain soit pour toi ce que fut aujourd'hui.
Le courant reprendra la barque fugitive
Qu'un peu d'ombre attirait sur le bord de la rive,
Et rien ne tentera celui d'où tout a fui.

Mais le voyageur, las d'avoir longtemps marché,
Dont la sagesse encor n'a pu vaincre le cœur
Soupire en contemplant l'ombre de son bonheur
« A quoi bon vivre, hélas ! si l'on n'est point aimé ? »

XIII

C'est la douceur du soir dans l'air lent qu'angélise
L'adieu lointain déjà des cloches de Thulé,
Et l'île du bonheur qui n'aura pas été,
Défaille comme un songe emporté par la brise.

Elles sonnaient jadis des réveils matinaux
En carillons joyeux dès l'aurore d'été ;
Elles ne sonnent plus que dans les soirs voilés
Où leur bourdon funèbre annonce des tombeaux.

C'est la douceur du soir sur la mer que sillonne
Les barques dans le vent qui les courbe sur l'eau,
Mais leur coque trop pleine et d'un trop lourd fardeau
Fend en vain le flot noir qui déferle et moutonne.

Les reconnaîtrais-tu, pilote nostalgique
A l'âme en vœux rêveurs de terres ignorées,
Lorsque tu les menais, neuves et pavoisées
Sans craindre la tempête éparse en l'Atlantique?

C'est la douceur du soir dans le ciel où s'éploie
Le vol silencieux des ramiers voyageurs.
Ah! Quand pourrai-je enfin d'un grand coup d'aile ailleurs
Fuir et trouver un ciel où mon amour se noie?

O cloches, à quoi bon dire tout mon malheur
Si vos sons dans son cœur ne trouvent point d'écho
Et si je dois rester ainsi devant le flot
Sans mettre au large pour un rivage meilleur?

XIV

Toute fleur s'est fanée et tout espoir est mort.
Le vent a dépouillé les branches les plus lourdes
Et je ne sais plus même une note assez sourde
Pour bercer mon destin dont l'avenir s'endort.

Fleurs sur fleurs effeuillées au fil des eaux calmes,
Sans qu'un autre courant les ramène à ces bords!
Refuses-tu toujours l'encens qui monte encore
Dans ces déserts où j'ai cherché l'ombre des palmes?

Ma douleur ne veut plus des cieux ni des nuages
Et, près du décor terne où ton dédain la mène,
Drapant sa solitude au fond des nuits sereines,
Cherche à perdre ses yeux en l'onde d'un autre âge.

L'autel est sans déesse où j'ai fait ma prière ;
Rien d'elle n'a vécu qu'à l'horizon d'un songe
Surgie aux flots berceurs que sacre le mensonge
De la croire divine et toujours la première.

Fleurs sur fleurs en couronne au parvis du sanctuaire
Où, parmi les jardins que consacre Astarté,
Les prêtresses d'amour qui vendent leur beauté
Délivrent d'un regret l'âme en vain prisonnière!...

Toute flûte s'est tue au fond des lointains d'ombre
Où des soleils jadis pleuvaient en larmes d'or,
Et c'est l'hymne plaintif que sous le vent du nord
Les arbres dénudés jettent vers le ciel sombre.

XV

Que n'est-ce plus le temps des forêts fabuleuses
Où, suivant le récit des antiques légendes,
Le vieux mage vaincu dans l'ombre aventureuse
Se laissait couronner de roses en guirlandes,

Et, la tête à jamais entre les mains des fées,
En attendant la mort que leur beauté dispense,
Oublieux des serments et de ses destinées,
Reculait l'horizon désert de sa souffrance!

Je me serais couché près du fleuve immortel
Dont l'onde pure efface et couvre le passé
Pour m'endormir enfin dans le songe éternel
Que chante la forêt au pèlerin lassé.

Mais le soir est fatal et la forêt sonore
Où rien n'a revécu des âmes d'autrefois,
N'entend plus les chansons des prêtresses d'Endor,
Et le vent seul redit quelles furent leurs voix.

Au haut du promontoire allongé dans les sables,
Je regarde la mer déchaîner son écume
Sans même apercevoir l'essor lointain des fables
Développer leurs fastes à travers la brume.

Et le cygne espéré par l'attente et l'ennui
Comme guide et gardien vers les terres promises,
Prisonnier des lacs que le froid cristallise,
N'éclipse pas l'azur d'un long vol ébloui.

XVI

Souvenirs entrevus sous des pâleurs lunaires,
Les amours d'autrefois au cours d'une eau rêveuse
Reprennent lentement dans la nuit langoureuse
Les thèmes nuptiaux devenus funéraires.

Les doigts purs effilés voltigent sur les lyres,
Lourds de leur lassitude et du poids de leurs bagues
Qui mêlent leurs rayons brusques aux lueurs vagues
Des gouttes de clarté que la rame retire.

O leurs yeux cerclés d'ombre où le rêve vaincu,
Comme en de vieux miroirs que le temps a bleui,
Du fond du lointain terne aux golfes de l'oubli
Prolonge le reflet de ce qui fut vécu!

La barque suit la rive où pleurent de vieux saules
Près desquels des serments vains furent échangés
Alors que s'exaltait le désir d'être aimé
Quand mon espoir rêvait, penché sur une épaule.

Nulle n'a pu sourire auprès de son passé
Et la barque s'éloigne à jamais vers ailleurs
Sans que l'une ait versé l'aumône au moins d'un pleur
Sur le vieux parc d'amour aujourd'hui déserté.

Et celle-là plus belle et debout à l'arrière,
Porteuse des débris des feux qu'elle éteignit,
Indifférente à tout, jette au vent de la nuit
La cendre qui restait dans l'urne cinéraire.

XVII

La même lassitude éparse en mon silence
Laisse le vieux désir chanter, mélancolique,
Et malgré le vœu fier d'être un jour héroïque,
J'écoute encore au loin l'écho de ma souffrance.

Nulle ne m'a donné l'oubli de ta tendresse
Et sur les corps vendus où sanglotait ma honte
Je n'ai pas su cueillir les roses d'Amathonte,
Que d'autres font fleurir auprès d'une caresse.

Mais le temps est fini des larmes ou des rires ;
Que tout regret vaincu saigne loin de ma route,
Que le passé s'écarte à jamais en déroute :
L'espoir est mort, hélas ! sans même un souvenir.

Seul désormais et fort d'avoir connu la vie,
Vers le soir que j'attends sur l'azur du matin,
Je serai le passant qui guide son destin
Dans l'orgueil de lutter pour une autre survie.

Les flûtes jetteront dans la campagne en vain
Leur appel langoureux vers des voluptés douces ;
Sans aveu pour l'amour que mon orgueil repousse
Je perdrai ma douleur au fond de mon dédain.

Puisse au ciel seulement s'allumer quelque étoile,
Bonne à ceux d'aujourd'hui brisés d'incertitude,
Pour éclairer mon doute, et dans la solitude
Me guider sur la mer où je mets à la voile.

XVIII

Le passé disparaît comme un nuage gris,
Sous l'azur à jamais qui va l'ensevelir ;
Au ciel où mon espoir a palpité jadis
Des étoiles déjà commencent à pâlir.

Rien ne reste debout de ce qui fut construit
Pendant les veilles d'ombre où j'attendais la flamme ;
Une autre route s'ouvre, et l'avenir détruit
Le palais puéril où j'enfermais mon âme.

Chercheuse d'un destin que nulle n'a conduit,
Forte d'avoir souffert et de pleurer en vain,
Elle ouvre une aile d'or vers l'autre aube qui luit
Sur le soir éclipsé d'un horizon serein.

Les oiseaux messagers de la côte prochaine
Mêlent leurs cris joyeux aux brumes du matin
Où vient mourir, il semble, un râle de sirène,
Dernier appel jeté, perdu dans le lointain.

Entends plutôt le chant que sifflent les marins.
Et, de ton cœur enfin léger comme les voiles,
Où fume le bûcher des souvenirs éteints,
Sous l'or évanoui des antiques étoiles,

Fais la coupe de pourpre auguste aux rêves morts
Pour l'élever plus sainte au milieu du réveil,
Lorsque, nimbé des feux d'une nouvelle aurore,
Tu t'en iras vainqueur vers un nouveau soleil.

XIX

Qu'importent ici-bas les larmes ou les rires ?
Inutiles vaincus près de la volupté,
Ils masquent l'infini dont notre amour s'inspire
Et rien n'est juste ou vrai que la seule beauté !

Seul amour aujourd'hui que l'autre refoulé
Croule au couchant brumeux d'un autrefois splendide,
Emporte loin d'ici l'errant inconsolé
Qui marche vers la rive où s'oublier, avide.

Découvre la splendeur de ton gouffre étoilé,
Et dans l'ombre berceuse où boire une eau limpide
Sans que rien ne persiste enfin de son passé,
Offre ta coupe afin que son désir la vide.

Son cœur jadis craintif aujourd'hui véhément
Raille l'espoir alors d'une attente timide,
Et sans souhaiter d'être ou n'être pas l'amant,
Rêve d'autres bonheurs plus vrais et moins perfides.

A revoir les jardins flétris par le blasphème
Du barbare ignorant que l'erreur a courbé,
Celui qui s'attardait, bien qu'aucune ne l'aime,
Sent toute nuit pâlir sous son front éclairé.

Et dans le temple ouvert à qui l'a restauré,
Pèlerin sans tristesse à n'être que lui-même,
Agenouillé devant le marbre consacré,
Sacrifiant son rêve, il l'offre en diadème.

XX

Un son de cor lointain sonne dans les vallées
Auquel les chiens lassés répondent en hurlant;

Les amoureux songeurs sur les feuilles froissées
Pleurent en s'étreignant la douceur des printemps;

Des rondes dans le bois dispersent leur gaîté...
Oh! le rire sans but gaspillé par l'enfant!

— Mais regarde là-bas, voyageur étonné
De voir la joie encor malgré l'ombre et le temps :

Contre un arbre adossés, mornes, durs et souffrants,
Les bûcherons assis regardent leurs cognées;

Les barques d'or d'antan qui voguaient sur l'étang
Sombrent dans quelque coin, peu à peu submergées;

De vagues spectres noirs dans le soir qui descend
Dansent en essayant des poses oubliées;

Et mon cœur lourd qu'entoure une brume glacée,
Rouge, s'y engloutit comme un soleil couchant.

ACHEVÉ D'IMPRIMER

le dix juin mil huit cent quatre-vingt-seize

PAR

CHARLES RENAUDIE

56, rue de Seine, 56

pour le

CENTAVRE

www.ingramcontent.com/pod-product-compliance
Ingram Content Group UK Ltd.
Pitfield, Milton Keynes, MK11 3LW, UK
UKHW020452180726
13839UKWH00004B/1777